Amor y pollo con patatas

Amor y pollo con patatas

Ana García-Siñeriz

Jordi Labanda

 DESTINO

DESTINO INFANTIL Y JUVENIL, 2013
infoinfantilyjuvenil@planeta.es
www.planetadelibrosinfantilyjuvenil.com
www.planetadelibros.com
Editado por Editorial Planeta, S. A.

© del texto: Ana García Siñeriz, 2013
© de las ilustraciones de cubierta e interior: Jordi Labanda, 2013
© Editorial Planeta, S. A., 2013
Avda. Diagonal, 662-664, 08034 Barcelona
Primera edición: septiembre de 2013
ISBN: 978-84-08-11822-0
Depósito legal: B. 17.289-2013
Impreso por Liberdúplex
Impreso en España — Printed in Spain

El papel utilizado para la impresión de este libro es cien por cien libre de cloro
y está calificado como papel ecológico.

Este libro es de

....

Empecé a leerlo el ....de .... de..............

Lo terminé el ....de .... de ....

Me lo regaló ....

Elige la casilla correcta cuando hayas terminado de leerlo

☐ ¡Es el mejor de todos!
(Espera a leer toda la colección.)

☐ Gran texto, ilustraciones extraordinarias
(De mayor quiero ser crítica literaria, ejem, ejem.)

☐ No me acuerdo de cómo se llamaba....
(Vuelve a la primera página y NO te saltes trozos, je je.)

☐ ¡Es mi libro favorito!
(ÉSTA es la respuesta acertada; muy bien, ¡bravoooo!)

Hola, ¡somos La Banda de Zoé!

Y Zoé... soy **YO**.

Mis amigos son Liseta, Álex, Marc
y *Kira*. Nos reunimos en nuestro
gallinero (bueno, el de las gallinas
Mía y *Pía*, pero a ellas no les importa).
Y *Kira* también es miembro de
La Banda, aunque sea un perro,
¡sabe ladrar «en clave»!

Matilde es mi hermana, y además, una cantante de rock superfamosa. Su grupo se llama *French Connection* y es lo más. La persiguen los fotógrafos, y su sueño es pasar completamente inadvertida pero... es muy difícil.

Yo vivo con mi madre (¡la adoro!) y mi hermano Nic en un sitio en el que **NUNCA** pasa nada... ¡es un rollo! Menos mal que, de vez en cuando, esto se anima...

Y mi padre es... bueno, mi padre es genial.

Nos gusta resolver misterios y divertirnos.

¿Te apuntas?

Revolución en el patio

Sólo hay una cosa peor que volver al colegio después de las vacaciones. Y es volver al colegio siendo el nuevo.

El verano había sido estupendo y, aunque me cueste reconocerlo, estaba deseando que llegara el primer día de clase para ver a mis amigos (aunque fuera, sí, en el colegio). ¡Hacía semanas que no veía ni a Liseta, ni a Álex, ni a Marc!

Había pasado toooodo el verano con mi hermana Matilde; habíamos conseguido que **NADIE** descubriera su escondite, lejos de los *paparazzi* y los fans que seguían a su grupo por todas partes: nuestro gallinero, ejem. Y yo... bueno, ya casi era más miembro de su banda de rock ¡que de mi propia banda!

Una sensación rara me asaltó al llegar a la verja del colegio... Al ser el primer día, no había deberes; por lo tanto, ningún motivo para ponernos nerviosos, je, je.

La primera en llegar fue Liseta.

—¡GUAUUU! —exclamé—. En dos palabras, estás... IM-PRESIONANTE.

—Gracias, Zoé —respondió abrazándome—. Tú tampoco estás mal, je, je.

Si se refería a mis vaqueros del curso pasado, mis zapatillas del curso pasado y mi camiseta de dos cursos pasados... ¡vale! Nuevo nuevo, lo que se dice nuevo, sólo llevaba un bocadillo de queso por estrenar, je, je.

Mientras esperábamos a Álex y a Marc, aparecieron MARLA y CARLA, o M&C, como a ellas les gusta que las llamen (os he hablado de ellas, ¿verdad?).

—Jelouuuu, pringuis —nos saludaron supercariñosas.

Normalmente nos llaman cosas **MUCHO** peores, como **FOREVER ALONE**, margis (de marginadas) o motivadas, que no sé ni siquiera qué **ES**.

—¿Habéis visto **YA** al nuevo? —preguntó MARLA.

—¿Nuevo? —me sorprendí—. No; no sabía que hubiera un nuevo este año...

—Bueno, pues nada —cortó rápidamente Carla—. Adiós, ¿eh?

Y se largaron igual que habían venido, riéndose y cuchicheando. ¡Qué pesadas!

Entonces se nos acercó MISS LOOPAS, la profesora de Arte, muy agitada.

—Ohhh... ahhh —dijo, o más bien cacareó—. ¡Qué revuelo se ha organizado! Uhhhh... ehhhh...

—¡Hola, MISS LOOPAS! —la saludé—. ¿Por qué está todo el mundo tan revolucionado?

—Por muchas cosas, querida Zoé —dijo limpiándose las gafas—. Muchas: unas buenas, y otras no tanto...

Y se fue, ajustándose las gafas para poder ver el camino. Pobrecilla, ¡no ve ni torta!

Liseta y yo nos movimos hasta llegar a la zona de columpios del patio. Había un montón de gente, como siempre, pero en vez de estar cada uno a lo suyo, un corro de niñas miraba **ALGO**. ¿Qué estaba pasando ALLÍ?

Álex se nos acercó corriendo.

—¡Rápido! —exclamó—. Hay una situación **CNELA**.

—¿Y eso qué es? —preguntó Liseta con los ojos muy abiertos.

—Chico Nuevo En La escuelA...

—¿Y por eso hay **TODO** este lío? —preguntó Liseta—. A ver, que yo lo vea...

Liseta y yo nos abrimos paso hacia el centro del corrillo y...

¡¡¡¡OHHHHH!!!!

Retiro todo lo dicho sobre lo peor de ser el chico nuevo. Y Liseta... me volvió a hacer el numerito de siempre. ¡Se desmayó!

Pues tampoco era para tanto... (¿o SÍ?)

J

Josh

Ocupación
Estudiante y misterioso.

Señas de identidad
¡¡Es guapísimo!!
(lo dice hasta Álex,
o sea que **SÍ**).

Ama
¡No sabemos a quién!
(y nos interesa, sobre
todo a Liseta).

Odia
Que no lo respeten por
su cerebro (y que pierda
su equipo).

TODO un verano ya desde que **French Connection**, y su cantante **Matilde**, desaparecieran del mapa, ¡Nadie sabe dónde están!

FRENCH CONNECTION:
PARADERO
DESCONOCIDO

Una supuesta **Matilde** ha sido vista recientemente en Saint-Tropez bailando desaforadamente con **BLUFF DIDDY**. Otra, en una piscina en Marrakech. Y otra, zampándose un perrito bajo el puente de BROOKLYN. Demasiadas Matildes, ¿no?

¿¿Eran ella o NO??

Nosotros creemos que NO WAY... Y mientras tanto, ¿DÓNDE está la de verdad? ¿EN VENUS O EN MARTE?

Una escuela en peligro

Recuperada Liseta (o algo parecido), entramos en clase. Liseta cruzó los dedos durante todo el pasillo e hizo un gesto de ¡bien! al llegar. ¡JOSH estaba en nuestra clase!

El chico nuevo dejó la mochila y se sentó en uno de los pupitres del fondo. Y Liseta, cómo no, se puso en el de al lado...

—Me lo temía —dijo Álex—. Reconozco que no es del todo feo, pero a ver qué tal se le dan las matemáticas...

—¿Y qué? —lo defendió Liseta—. A ti tampoco se te dan bien.

Era el primer día, y el director, MR. HAROLD PLUMILLA, iba a darnos una de sus charlitas; ya sabéis: que si hay que trabajar todos los días en vez de pegarse un atracón, el respeto a los demás, no tiréis papeles en el patio, etc. Pues no, no dijo nada de esto, sino todo lo contrario.

—Éste puede ser nuestro último año aquí —dijo—. Peor todavía, ¡nuestro último trimestre!

¿¿¿QUÉEEEE???

¡Todos nos quedamos de piedra! ¿Por qué?

¿Iban a expulsarnos en masa?

Yo, la verdad, pensaba portarme mucho mejor este curso que el curso pasado. Si servía para algo...

—Señor PLUMILLA —dijo Álex—, es verdad que no somos los mejores, pero hay colegios **MUCHO** peores... y encima no sólo tiran papeles, sino que pegan chicles y, bueno, otras sustancias pegajosas, debajo de los pupitres, je, je.

—Gracias, Álex —dijo MR. PLUMILLA—. Agradezco tu intervención, pero no, no es cuestión de sustancias pegajosas, como tú dices. Al menos, no en estos momentos.

Entonces, ¿cuál era el problema? Estaba dispuesta incluso a hacer los deberes TODOS los días (bueno; todos todos...).

MR. PLUMILLA retomó la palabra y, por una vez, todos lo escuchamos en silencio. **TODOS**.

—Desde hace tiempo, nuestra amada escuela tiene un pequeño problemilla de, ejem, dinero —explicó—. Si no lo solucionamos, los propietarios de los terrenos amenazan con venderla... porque nuestra hermosa escuela se ubica en un paraje bucólico y hermosísimo.

—Perdone, MR. PLUMILLA —dijo MARLA levantando la mano—, ¿qué significa paraje?

—Sí, señor PLUMILLA —añadió CARLA—, ¿y bucólico?

Marc fue a levantar la mano, pero MR. PLUMILLA señaló a... JOSH.

¡Se puso tan rojo como las orejas de Marc!

Todas las cabezas se volvieron hacia JOSH, mientras él bajaba la suya hacia su cuaderno y se hundía en su silla.

—Un paraje es un lugar —señaló en voz no muy alta—, y bucólico es un adjetivo que evoca de modo idealizado el campo o la vida en el campo...

—Vaya, vaya, vaya, JOSH —dijo MR. PLU-MILLA—. Yo no podría haberlo explicado mejor.

—¡Casualidad! —respondió él.

Liseta suspiró desde su pupitre. Y Carla. Y Marla. Y otras diez chicas más. Y hasta el pez de la pecera, que parece que es chica, je, je (menos mal que Álex y yo guardamos las formas, ¡ejem!).

—Como os decía —siguió el director—, el lugar tan hermoso en el que se ubica...

—¿Qué quiere decir ubica? —interrumpió otra vez MARLA.

—Diccionario —respondió MR. PLUMILLA, algo mosca—. Siempre os lo digo: consultad el diccionario. Déjame terminar y luego te lo explico...

—Vale, MR. PLUMILLA —dijo Álex—, pero siga, por favor... ¿Qué pasa con el colegio?

—Pues que... ¡quieren convertirlo en un colegio-hotel de cinco estrellas!

Pasados unos segundos de estupefacción, todos (casi todos) levantaron los brazos y gritaron...

¡¡¡BIEEEEEEEN!!!

¡Ja, ja! Creían que la clase la íbamos a dar en una suite de lujo, con una piscina climatizada y un SPA. ¡Qué error!

—¡Pero **NO**! —les aclaró Marc— De lujo, **¡¡SÍ!! ¡¡Pero SIN nosotros!!**

Cuando comprendieron, las caras cambiaron completamente de la alegría a la decepción; los brazos volvieron a su posición, más bien baja, y la exclamación fue bien distinta...

¡¡¡BUUUUUHHHHH!!!

MR. PLUMILLA hizo el gesto de arrancarse los pelos: su escuela, sus alumnos... todo convertido en un hotel de ésos, en los que, en vez de un cuaderno en blanco, te dan una pulserita para que te hinches de brochetas de langostinos con piña en el bufet.

Álex levantó la mano para preguntar.

—MR. PLUMILLA —dijo—, ¿¿nos harán descuento??

Marc y yo nos miramos. ¿Podríamos encontrar una solución a los problemas de nuestra escuela?

Alex esperaba la respuesta de MR. PLUMILLA.

Esta vez,
lo veíamos muy
DIFÍCIL.

Mr. Harold Plumilla

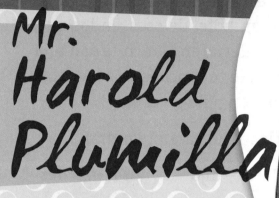

Ocupación
Director del colegio

Señas de identidad
Pone ceros, pero no es
del todo mala persona.

Odia
Que no nos callemos en clase.

Ama
A MISS LOOPAS, aunque
él todavía no lo sabe (pero
TODOS los demás nos damos
cuenta perfectamente, je, je).

Carla, Marla... y Liseta

¡Cuando sonó la campana del recreo, el patio se llenó como un hormiguero!

Todos hablábamos a la vez y ni siquiera hicimos caso al nuevo (bueno, un poco sí). Y Liseta estaba indignada (pero por otras razones).

—No puedo creer que nuestra clase vaya a convertirse en el salón de belleza de un hotel y que **YO** tenga que quedarme fuera —se quejó—. ¡No es justo!

No, no sería justo, pero todo indicaba que iba a convertirse en una realidad.

—A menos... —empecé a decir.

—¿A menos que qué? —dijo Álex.

—Nada —contestó Liseta mirando por encima de nosotros—. ¡HOLA, JOSH! ¿Qué tal tu primer (y puede que último, je, je) día de clase?

¡Liseta nos estaba dando la espalda!

JOSH se acercó y sonrió tímidamente.

—Bueno, no ha estado mal...

—Eso será si prefieres bufé libre en el desayuno... a jugar en el patio —dijo Álex.

Carla y Marla se nos pegaron a velocidad de infarto, obviamente, porque JOSH estaba allí.

—¡Huy!, quita, Zoé, que no eres transparente —dijo Carla empujándome—. No te había visto, JOSH...

—Perdona, pero lo has detectado a **TRES- CIENTOS** metros con tu radar de chicos guays —replicó Álex—. Ni siquiera mi nuevo detector atómico podría mejorarlo...

—Éstos son unos pringuis totales —contra- atacó Marla—. ¿Te vienes con nosotras al despacho de MR. PLUMILLA? Hay que apuntarse en la lista de **SÍ** al COLE DE LUJO.

JOSH se movió nervioso al escuchar la pro- puesta de Marla e hizo el gesto de irse. Lise- ta acudió en su ayuda.

—Si quieres, yo **ME APUNTO** contigo —pro- puso— y de paso, nos contamos cuáles son nuestros grupos de música favoritos y esas cosas, je, je...

—No hace falta —señaló Marla—. Que he dicho que **NO HACE FALTA**... Y Liseta está ocupadísima porque tiene que ir a ope- rarse un juanete, je, je.

—¡Oye, juanetes los tendrás tú! —respon- dió Liseta, ofendidísima—. Lo hago en- cantada...

—Ya —rebatió Carla—, pero vamos nosotras, ¿vale, boniato con rizos? Así que te
quedas aquí tan ricamente con... ¡Uhh!
¿Cómo se llaman? Max, Alix y Chloé...

—¡Bueno! —explotó Álex—. MARC, ÁLEX
Y ZOÉ, BONIATAS con rimmel...
Pues va también Liseta y se acabó. ¿O es
que el nuevo es sólo vuestro?

JOSH había escuchado la discusión en silencio y se le veía cada vez más incómodo.
¡Y a nosotros también!

—Yo me voy —dijo JOSH recogiendo su mochila y andando hacia la verja.

—¡Espera! —gritó Marla.

—¡Y a mí! —gritó Carla—. ¡Lo habéis estro-
peado! Sois unos metomentodo, especialmente TÚ —dijo señalando a Álex.

—¡Esperadme a MÍÍÍÍÍ también! —gritó Liseta corriendo detrás de Carla, Marla y, por
supuesto, de JOSH.

¡Y nos dejó PLANTADOS!

Esto del amor (sobre todo, cuando le pasa a Liseta) puede ser de lo más molesto, ¿no?

Entonces llegó el turno de MR. PLUMILLA, quien se nos acercó también muy agitado. **¡Vaya mañanita!**...

—¡Tengo que hablar con él! —exclamó señalando hacia JOSH, Liseta, Carla y Marla.

—Pues póngase a la cola —dijo Álex.

—¡Es **MUY** importante! —dijo MR. PLUMILLA secándose la frente.

Marc y yo nos miramos extrañados. ¿Qué podría ser tan importante? Si JOSH acababa de llegar...

—No me había dado cuenta, la verdad —empezó a disculparse el director—, y luego, claro, uno no recuerda así, a la primera, los apellidos de todos los alumnos de un colegio, especialmente si son nuevos...

—Desembuche de una vez —dijo Álex—. A este paso, hacen un hotel de quince plantas mientras nosotros seguimos aquí en el patio, je, je...

—¡Álex! —la corté—. Escuchemos a MR. PLUMILLA a ver si podemos hacer algo por él... (acababa de acordarme de que tenía un cero pendiente desde el curso pasado, **¡arghhh!**).

—Gracias, Zoé —dijo MR. PLUMILLA—. Yo no quería ofenderlo. ¿Cómo iba a saberlo **YO**? Si no tengo todos los datos de los alumnos y él...

—Arranque YA, MR. PLUMILLA —lo interrumpí (Álex iba a tener razón!)—. ¿Ofender a quién? ¿Y por qué?

—Por lo del **NUEVO COLEGIO** —dijo el director.

—¿Y qué tiene que ver esto con JOSH? —preguntó Marc.

—¿No os habéis enterado? —nos miró sorprendido MR. PLUMILLA—. Leed —dijo, tendiéndonos unos papeles—. Es el folleto del nuevo colegio.

¿Aburridos en clase?
¿Hartos de tantos deberes?
¿Cansados de que no haya hamacas en el patio y los profesores pongan ceros sin ton ni son?

¡¡LLEGA UN NUEVO ESTILO EN EDUCACIÓN!!

Centro Internacional EEC
(Eso Está Chupado)

Homologado por la
Universidad de Palo Al Agua

- Pupitres con calefacción individual.
- Moscas distractoras por control remoto.
- Helados de postre TODOS los días.
- Horario de clase superreducido y recreo interminable.

¡No lo dudes!
Si eres **MUY** vago y quieres ir a la Universidad de Palo Al Agua, **¡ÉSTE es TU colegio!**

Alex, Marc y yo terminamos de leerlo.

—Pues no tiene tan mala pinta —dijo Álex.

—¡Venga ya! —exclamó Marc—. Seguro que ahí no van más que zoquetes y mimados...

—Puede ser... —dijo MR. PLUMILLA—. Pero quien irá seguro es... ¡JOSH!

Parecía que iba a tener razón...

Una foto de un único alumno ilustraba el anuncio. Y no era la cara de un alumno feliz precisamente. Pero era igualito que JOSH. De hecho, era JOSH.

—¿Veis? —dijo MR. PLUMILLA—. Su padre es quien va a cambiar nuestro viejo colegio por uno con comedor de cinco tenedores... y, seguramente, con un director rubio y musculoso que quede bien.

¡¡¡BUAHHHH!!!

—Y seguro que pondrán a un modelo de ABERCHONI megacachas y sin camisa en la puerta y echarán a MR. PICAPORT, el conserje —dijo Álex—. ¡Y a una artista supertrendy y gafotas en lugar de MISS LOOPAS, la profesora de Arte! —terminó (en realidad, MISS LOOPAS también era un poco gafotas, ¿no?).

MR. PLUMILLA abrió la boca como para decir algo, pero no pudo. Tomó mucho aire y sólo después consiguió soltar lo que quería decir.

—¿MISS LOOPAS? —balbuceó—. ¡MISS LOOPAS NO! —gimió.

¡Pobre MR. PLUMILLA! Por fin, daba la cara por su amor secreto...

Tendría que contárselo a Matilde en cuanto llegara a casa. Mi hermana llevaba una buena temporada viviendo con nosotros, refugiada en el gallinero, sin que nadie supiera dónde estaba, lejos de las alfombras rojas, la fama y todas esas cosas que vuelven loca a la gente y a ella, **NO**...

Sólo me quedaba una pregunta.

—No lo entiendo, MR. PLUMILLA —dije—. Entonces, ¿qué hace JOSH en nuestra clase?

Álex me respondió en su lugar.

—A veces, Zoé... yo sí que no entiendo cómo puedes ser tan buena resolviendo misterios —dijo—. ¡Pues está clarísimo!

¡Elegir PUPITRE!

Miss Loopas

Ocupación
Profesora de Arte
(y coleccionista de conejitos
de porcelana).

Señas de identidad
Doce dioptrías en cada ojo
heredadas de su padre y de
su madre (¡seis de cada uno!).

Odia
Nada. Ella sólo ve el lado
bueno de la vida.

Ama
Su colección de conejitos
de porcelana y al director,
MR. HAROLD PLUMILLA
(en secreto).

Un festival

Marc, Álex y yo decidimos ir a nuestro cuartel general, el gallinero. Necesitábamos pensar antes de actuar. Y desde luego, había que impedir que nuestro colegio se convirtiera en un lugar para niños mimados.

Llegamos justo cuando Matilde y Paul terminaban de ensayar.

¡Me chiflaba esa canción!

—¡Vaya caras más largas! —exclamó Matilde al vernos—. ¿Qué ha pasado? ¿Os han puesto un examen sorpresa?

—Esta vez no. ¡Mucho peor! —dije—. Nuestro cole va a desaparecer si no consiguen el dinero para pagar a los dueños del terreno.

—¡Qué pena! —exclamó Matilde—. ¿Y qué harán en su lugar?

—Otro —dijo Álex—, pero mucho más chulo, je, je...

Marc trató de explicarle a Álex por qué el otro colegio **NO** era mucho más chulo.

—¿Dónde está Liseta? —preguntó Matilde.

—¡Ahora pasa de nosotros! —dijo Álex.

—Se ha vuelto más amiga de Carla y Marla —justifiqué— porque tienen mucho en común; a las tres les gusta el mismo chico, el nuevo.

—Que además es el hijo del señor que quiere convertir nuestro colegio en un parque temático educativo, JAI KLASS o algo así —dijo Álex.

—¡Vaya lío! —intervino Paul—. Esto promete.

Lo que estaba claro era que teníamos que hacer algo para ayudar a MR. PLUMILLA y a MISS LOOPAS (y a nosotros mismos, claro).

Paul estaba afinando una de las guitarras, mientras Matilde ensayaba unas notas cuando... ¡Claro! ¿Cómo no lo había pensado antes? ¡Teníamos la solución ahí mismo, en nuestro gallinero!

—¿Qué os parece si organizamos un festival? —pregunté.

Les expliqué mi idea: un concierto especial de FRENCH CONNECTION con el que recaudar dinero y poder arreglar la situación del colegio.

—¡Genial! —dijo Álex—. Yo pondré un quiosco-solar-cargador de baterías... ODIO quedarme sin batería.

Matilde y Paul nos miraron con cara de sorpresa.

—¡Eso está hecho! —dijo Matilde—. Paul y yo daremos un concierto especial a dúo.

Un festival

¡Uf! No había manera de librarse de los momentos románticos... ¿Qué estaba pasando allí? ¿Habría una epidemia de *amorcitis aguditis*?

Quedaba un detalle, que Matilde se encargó de señalar.

—Si anunciamos YA que **FRENCH CONNEC- TION** dará un concierto aquí, esto se llenará de fotógrafos y curiosos... ¡Y adiós a nuestra tranquilidad!

¡Y adiós al escondite de Matilde!

Tendríamos que guardar el secreto hasta el último momento; pero cuando la gente supiera que el grupo sorpresa era **FRENCH CONNECTION**, ¡vendrían cientos, **MILES**, millones de personas a vernos!

Y salvaríamos el colegio para seguir haciendo **TONELADAS** de deberes, comiendo salchichas con puré en vez de caviar y bebiendo agua del grifo en lugar de agua mineral con burbujas, y... aguantando los ceros de nuestro querido MR. PLUMILLA.

¿De verdad queríamos hacerlo?

Marc y yo nos dimos mucha prisa en decir que sí, porque...

Si fuera por Álex, la respuesta sería **NO**.

¡♥h, Cuore mío!

¡ARRANCA LA GIRA DE FRENCH CONNECTION!

Tras meses de silencio, **FC** anuncia el comienzo de su gira con un concierto benéfico a dúo en una localización TOP SECRET...

¿Qué ciudad será la afortunada? ¿Miami? ¿Estambul? ¿Macao?

Atención COTILLAS: el paradero de **Matilde** sigue siendo uno de los secretos mejor guardados del momento.

Liseta contra todos

Me costó un poco convencer a Álex de que me ayudara a colgar los carteles del festival, pero al final aceptó.

Nuestra primera parada fue... el colegio. Y, qué casualidad, la primera persona que lo leyó fue... JOSH.

¡¡GRAN ACONTECIMIENTO!!

UN ÚNICO Y ESPECIAL

CONCIERTO

DEL GRUPO MÁS FAMOSO DEL MUNDO

SORPRESA, SORPRESSSSAAA...

¡Salvemos el colegio de MR. PLUMILLA!

No queremos lujos, sólo vacaciones, je, je.
Y salchichas con puré, NO caviarrrrghhh
(firmado: Álex).

—¿El **MÁS** famoso del mundo? —se preguntó JOSH—. Tiene que ser ¡*FRENCH CONNECTION*! —exclamó—. Qué guay... ¿Van a venir aquí a dar un concierto? He leído que comienzan su gira en un lugar desconocido. ¡Es increíble!... —Me miró dudando—. No os lo habréis inventado, ¿no?

—**NO** —respondí muy ufana—. Tengo algunos contactos, ejem, con el amigo de la hija de la madre de la novia del que lleva la furgoneta del grupo, más o menos —dije—, pero **NO** podemos decir **QUÉ** grupo será el del concierto. ¡Es sorpresa!

—¡*GENIAL!* —dijo—. Por si acaso, **NO** pienso perdérmelo —señaló.

¿QUÉEE?

¡Pero si era un concierto para **SALVAR** el antiguo colegio! Si había alguien que **NO** debería estar en ese concierto... ése era JOSH.

Álex se lo hizo saber de una manera muy delicada, como tiene por costumbre...

—¡No sé si te has enterado, chaval! —gritó—, pero este concierto es para recaudar dinero y que, **ejem**, el colegio ese de cinco estrellas lo hagan a mil kilómetros de aquí! ¡¡Que no te has enterado!!

JOSH no se inmutó. Todo lo contrario.

—Vale —dijo—, pues si no queréis que vaya, no voy.

Y se fue. **¡SE FUE!**

Liseta llegó corriendo en ese momento.

—¿**ADÓNDE** ha ido? ¿**POR QUÉ** no me ha esperado? ¿Os ha dicho **QUIÉN** le gusta? —preguntó con la lengua fuera.

Y un nanosegundo después aparecieron Carla y Marla, sus nuevas **BFF**, o mejores amigas para siempre... Y más de lo mismo. ¡Qué pesadilla!

—¿**QUÉ** os estaba diciendo? ¿**HABÉIS** visto si nos ha mirado? ¿De **QUÉ** color tiene los ojos?

—Me está entrando dolor de cabeza —dijo Álex apartándose.

Entonces, Marla y Carla leyeron el cartel del concierto que acabábamos de clavar.

—¡¡¡¡GUAUUUUU!!!! —exclamó Marla—. ¡Supermegaguay!

—¡Marla! —la reprendió su amiga—, **NO** has visto bien. Si este concierto **ES** un éxito, despídete de tu pupitre con aire acondicionado y del Nail SPA de los viernes...

—¡Oooops! —dijo Marla—. Es verdad, perdona Carla, no me había dado cuenta... ¡Megaconcierto, BUHHHH!

—¡Hey! —interrumpió Liseta—, tampoco hace falta... ¿Y se puede saber **QUÉ** grupo va a tocar? ¿**NO** será uno con una cantante de ojos azules y un guitarra de nombre PAUL?

Y en ese momento, Liseta puso su carpeta en nuestras narices con una enorme foto de toda la banda de FRENCH CONNECTION. ¡No podía hacernos eso!

Álex y Marc miraron a Liseta con lo que en el manual de Marc se denomina **TOF** o Técnica de los Ojos Furibundos, y que consiste en mirar fijamente a la persona con los ojos casi saliéndose de las órbitas, para que **NO** haga lo que está a punto de hacer.

—Os dais cuenta de que si toca French Connection y por eso no pueden convertir el colegio en uno más chic, JOSH se irá, ¿verdad? —preguntó Liseta.

Y acto seguido, nos devolvió la mirada. Ella también había estudiado la **TOF** en el manual de Marc.

¡Liseta estaba totalmente loca por JOSH y sus camisetas de deporte! ¿Sería capaz de ponerse en contra de sus amigos?

—Yo no estaría tan segura —le dije.

—Tienes razón —nos dijo Liseta—; es **IMPOSIBLE** que sea *FRENCH CONNECTION*, ¿verdad?

¡Uf! La **TOF** había funcionado. Liseta podía estar loquita por un pupitre con aire acondicionado, pero los amigos seguíamos siendo los amigos...

—¿Estáis de broma? —dijo Marla—. ¿**CÓMO** van a venir aquí *FRENCH CONNECTION*? Si tocan aquí, **YO** me pinto el pelo a rayas rosas y verdes, ¡JA, JA, JA!

—¡*FRENCH CONNECTION* en el cole, je, je! —se rió Carla—. Cuando los burros salgan volando, ja, ja. ¡El burro de Zoé!

Álex y yo nos miramos.

—Pues yo que tú... —empezó Álex.

—... iría buscando tres cosas —dije yo sin poder resistirme.

¡Un BURRO volador, un spray de pintura ROSA y otro de pintura VERDE!

CONCIERTO INMINENTE

Todo son rumores en torno a la nueva gira de **FRENCH CONNECTION**. Que si van a tocar en contra del calentamiento global en un iglú en Groenlandia, que si su concierto benéfico es para salvar a los tigres y tocarán en Bombay... En resumen, ¡nadie tiene NI IDEA!

Sólo sabemos que nuestra chica con flequillo favorita tiene un puñado de buenas canciones y a Paul a su lado para darlas a conocer al MUNDO entero.

Y otra cosa más: la fecha es... **¡¡¡MAÑANA!!!**

Operación "pollo con patatas"

¡Por fin llegó el día del concierto!

Ya teníamos los modelitos de camuflaje, y los del concierto; las acreditaciones para los miembros de La Banda, y hasta las pulseras que te permitían entrar, ¡eran superchulas!

Sólo quedaba solucionar, ejem, un pequeño detalle: esperar hasta el último momento para desvelar que el grupo del concierto sería...
¡FRENCH CONNECTION!
Y que la gente viniera, claro...

—Nadie debe saber que Matilde vive aquí —dije—. Tenemos que hacerla aparecer como... **¡por arte de magia!**

—Tendremos que transportarlos de incógnito desde el gallinero hasta el colegio —indicó Marc.

—¿Y eso qué es? —preguntó Álex.

—Pues camuflados, sin que nadie sepa que Matilde es Matilde y Paul es Paul.

No sería difícil. ¿Quién iba a pensar que en la vieja furgoneta de mamá viajaban dos estrellas **INTERNACIONALES**?

Marc se encargó de organizar todo el *operativo*.

—¿Y eso qué es? —preguntó Álex de nuevo.

—Como diría MR. PLUMILLA, diccionario, Álex, diccionario: el operativo es... **TODO** —respondió Marc—, está claro que tenemos que salvar nuestro colegio. ¡**NO** puede ser que no sepas **NADA**!

Álex frunció el entrecejo y se metió las manos en los bolsillos ligeramente ofendida.

—El que no sabe **NADA** eres tú —protestó—. ¿**QUÉ** es un semiconductor, eh? ¿Y de qué partes se compone un **CHIP**?

—Vale, vale —reconoció Marc—, tienes razón, perdona. Concentrémonos en la **OPERACIÒN POLLO CON PATATAS** y no nos enfademos...

—¿Ves? —exclamó Álex—. Eso sí que sé lo que es. ¡Y me gusta!

Pero una vez más, Álex estaba muy equivocada.

La **OPERACIÒN POLLO CON PATATAS** era el nombre en clave que Marc le había puesto al traslado de Matilde y Paul desde el gallinero al cole. Así que nada que ver con bocaditos chorreantes de salsa y crujientes y doradas patatitas, je, je.

Convenientemente camuflados, Paul conducía la vieja furgoneta de mamá, Matilde iba a su lado, y Marc y *Kira* (*Kira* había insistido, con razón, en que ella también era un miembro de La Banda) se apelotonaban en medio de los instrumentos. ¡Y **vaya pintas!** Matilde había hecho bien su trabajo de caracterización, je, je...

Álex le dio un *walkie talkie* a Marc, y ella y yo tomamos la delantera para esperar a Marc y a las «**ESTRELLAS**» en el colegio.

No tardamos en llegar ni un periquete. Y Marc ya nos estaba llamando por el *walkie*...

—TCHRRR... Atención a todas las unidades —dijo—. *Pollo* y *Patatas* ya están en el horno... TCHRRR...

—¿EN qué horno? —preguntó Álex hablando por nuestro *walkie*.

—TCHRRR... Agente Álex, agente Álex, repase manual urgentemente, repito, urgentemente... TCHRRR... —indicó Marc algo mosca.

Pollo era Matilde y *Patatas* era Paul, sus nombres en clave para la Operación Pollo Asado. Y el horno era la furgoneta. Por lo tanto, si *Pollo* y *Patatas* **YA** estaban en el horno, quería decir que Matilde y Paul estaban en la furgoneta.

¡Todo estaba saliendo a la perfección! ¡No lo fuera a estropear Álex por no haberse aprendido los códigos de nuestro manual!

Esperando en la verja del colegio, pronto vimos acercarse a la furgoneta desde lejos...

Desgraciadamente, Marla y Carla también.

¡Habían aparecido cuando menos queríamos verlas!

—Vaya, vaya —dijo Marla— ¿No es ésa la cutrefurgoneta de tu madre, Zoé? Je, je. ¿Conque un grupo **INTERNACIONAL**, EH?

—Van de incógnito, listillas —dijo Álex rápidamente—. **NO** quieren que los reconozcan las *plastafans* como vosotras. ¡Id a pintaros las uñas con **TITANLUX** y largo de aquí!

Mi *walkie talkie* se iluminó. Era **OTRA** llamada de Marc.

—TCHRRRR...**POLLO** y **PATATAS** en el horno acercándose a **LA MESA**... quieren comunicar con **SAL Y PIMIENTA**... TCHRRR...

SAL Y PIMIENTA éramos Marc y yo (él prefería que nos llamáramos SHAKESPEARE y CERVANTES pero Álex se había negado: había suspendido Literatura). Me hice a un lado para contestarle, pero Marla pegó la oreja con una destreza extraordinaria. ¡Ahora era Matilde quien hablaba por el *walkie!*)

—TCHRRRR... **POLLO** llamando a todas las unidades, repito, **POLLO** llamando a todas las unidades... TCHRRR... especialmente a **PIMIENTA**... TCHRRRR...

Marla puso cara de ¡EHHHH! mientras Matilde seguía hablando.

—TCCHRRR... **PATATAS** y yo queremos saber si el **RESTAURANTE** está libre de **BOL-SAS DE BASURA**... TCHRRR...—dijo Matilde, o sea, **POLLO**.

Marla no entendía nada. ¿Qué era eso de BOLSAS DE BASURA? Decidí contestarle en clave, je, je.

—TCHRRRR... Atención, **POLLO**, repito, atención **POLLO**, aquí **PIMIENTA**: campo libre de **BOLSAS DE BASURA**... TCHRRR... pero en el **RESTAURANTE** hay **DOS CLIENTES**, repito, **DOS CLIENTES** que **NO** quieren **PEDIR LA CUENTA**... TCHRRRR...

Marla estaba cada vez **MÁS** mosqueada.

—Zoé, no sé qué es lo que te traes entre manos —dijo—, pero si crees que me puedes llamar bolsa de basura, ¡estás muy equivocada!

—¡Te has **COLADO**! —corrigió Álex—. No sois las bolsas de basura, sino los clientes que **NO** piden la cuenta y no se **LARGAN NUNCA**, je, je...

¡Pues también le sentó FATAL!

¡Conciertos a gogó!

Puede que Álex se pasara un poco con Marla y Carla, pero consiguió que los clientes pagaran la cuenta y se largaran con viento fresco, je, je (la verdad es que se marcharon, sí, pero no muy convencidas).

Matilde y Paul pudieron abandonar la furgoneta.

—¡Hola! —saludó abriendo la portezuela—. Creo que soy *Pollo*, je, je.

—¡Y yo, *Patatas*! —añadió Paul.

—¡Me gusta! —dijo Álex riéndose.

Entre Álex, Marc y yo acompañamos a Matilde y Paul a la sala VIP (bueno, en realidad era el cuarto de la limpieza) para que se ocultaran unas horas más, hasta que empezara el concierto, y pudieran vestirse.

Como siempre, Matilde estaba ¡guapísima!

No me dio tiempo ni a decírselo, cuando alguien ya estaba llamando con los nudillos en la puerta...

¿Quién podía ser?

—Jelou, pringuis —nos saludó una voz.

¡Otra vez Carla y Marla! ¿Vendrían con Liseta?

Abrí **SÓLO** una rendija para ver qué querían (y para que no vieran a Matilde y a Paul, claro).

—Venimos a ver quién es ese grupo tan guay que habéis conseguido para el concierto... —dijo Carla tratando de colarse—. ¿Quiénes son? ¿Los payasos **CANTORES**? JA, JA.

—Creo que voy a ir reservando plaza en el SPA de nuestro futuro cole —se rió Marla—. Yo los llamaría mejor Los **GATOS** maulladores, je, je.

—Pues sí —dijo Álex—. ¡Qué listas sois! CASI LO HABÉIS ADIVINADO. Son LOS GATOS CANTORES.

Marla sonrió, y Carla también.

—En realidad, veníamos a anunciaros que lo del festival nos parece una idea ¡genial! —dijo Marla.

—Muchas gracias —respondió Marc—. Ya sabía yo que al final lo entenderíais, je, je.

—De hecho, nos parece una idea tan TAN buena que hemos decidido montar **OTRO** festival...

¿¡¡¡QUÉEEEE!!!?

Pero ¿qué caras más duras! ¡Era NUESTRA idea!

—El nuestro es en la cancha de deportes, je, je —dijo Carla.

—¿Ah, sí? —replicó Álex— ¿Y quiénes cantan en el vuestro, si puede saberse, los **PERROS AULLADORES** o los **BURROS REBUZNADORES**? Je, je.

Marla esperaba su turno muy sonriente. Demasiado sonriente.

—Pues **NO** —dijo—. El padre de Carla es amigo del primo segundo del peluquero del caniche de la representante de **BARRY SMILES**, je, je. ¡Y le ha dicho que vendrá!

¿BARRY SMILES? ¡NOOOOOO!

Era superfamoso. Casi tanto como *FRENCH CONNECTION*. Si lo anunciaban **YA**, la gente no sabría decidirse entre los dos festivales; no podríamos recaudar nada... y no podríamos salvar el colegio.

¿Qué podíamos hacer?

Marla y Carla se largaron muy ufanas, dejándonos completamente chafados.

—Pero, Álex; ¿qué has hecho? —dijo Marc—. ¿LOS GATOS CANTORES? ¿Quién va a venir a ver nuestro festival si en el de al lado actúa **BARRY SMILES**?

—¡Lo siento! —exclamó Álex—. ¡Tendremos que revelar lo de Matilde!

Y había que hacerlo **YA**. Y tratar de que **TODO** el mundo viniera a nuestro concierto... De repente, se me ocurrió una idea.

—Rápido, Marc —dije—. Ve y di a Marla que el periódico del cole quiere entrevistar a **BARRY SMILES**...

¡VOLANDO!

C&M PRODUCTIONS PRESENTAN...

BARRY SMILES

¡UN ÚNICO CONCIERTO!

a favor de, ejem, la MEJOR educación por el MÍNIMO esfuerzo, con todas las comodidades y grandes facilidades.

En la cancha de baloncesto, HOY.

POR CIERTO, NO se permitirá la entrada a los que hayan ido a ver la birria de LOS GATOS CANTORES (estaremos vigilando, je, je).

Barry Smiles

Ocupación
CANTANTE e
ÍDOLO MUNDIAL.

Señas de identidad
una caída de ojos
¡irresistible!

Ama
a su tía BAYA
(la del pueblo).

Odia
cantar en la ducha.
(¡Qué horror! Sin público...)

Barry Smiles

Faltaba menos de media hora para el concierto (perdón, **LOS** conciertos) y todavía no teníamos noticias de la entrevista. ¡Necesitábamos anunciar que *FRENCH CONNECTION* actuaría en nuestro festival! Y no teníamos ni un miserable megáfono. Me estaba empezando a poner **MUY** nerviosa.

Álex se encargó de asomar la cabeza por la ventana para ver cómo iba todo. La puerta del colegio estaba a tope, ¡No cabía ni un alfiler! La cuestión era ¿a quién venían a ver, a LOS GATOS CANTORES o a **BARRY SMILES**?

—¿Quieres que te dé la respuesta? —dijo Marc.

—Mejor, no —contesté—. Tenemos que darnos prisa para hablar con **BARRY SMILES**... y a este paso, será DESPUÉS del concierto.

Entonces, alguien golpeó en la puerta con los nudillos.

—¿Síííí? —preguntó Álex—. ¿Quién es?

—Servicio de habitaciones, je, je —respondió una voz conocida—. Bollitos con pepitas de chocolate, batidos de helado de fresa y merengues ¡Dejadme pasar!

TOC

TOC

¡Era Liseta!

—¡Liseta! —exclamé—. ¡Qué bien que estés aquí!

—Sí, qué bien —dijo Álex—. ¿Y tus mejores amigas para siempre? ¿Y el NAIL SPA de los viernes?

Liseta dejó su bolso en el suelo y arrancó a hablar.

—La verdad es que lo he estado pensando y prefiero el viejo pupitre con vosotros que uno con calefacción centralizada con ellas, je, je... —Se rió—. ¿Podréis perdonarme?

—¡Pues claro! —dije abrazándola mientras Álex me hacía señas de «pero que traiga los bollitos».

—¿Y JOSH qué? —preguntó Álex—. Sabes que si conseguimos nuestro objetivo, se irá del colegio...

—Lo sé —dijo Liseta—, pero no puedo renunciar a mis amigos ¡Además, tengo que confesar que no me hace **NI** caso!

—OK, OK —dijo Álex—, vamos despacio. Tienes que demostrarnos que vuelves a estar de nuestro lado. Elige: o nos traes una docena de bollitos de chocolate o vas y encierras con llave a **BARRY SMILES** para que no pueda salir a cantar; bueno, mejor lo encierras directamente...

Marc y yo nos miramos. ¡Álex se había vuelto loca!

Liseta, por su parte, empezaba a cambiar de color.

—¿**BARRY SMILES**? —exclamó—¿Va a tocar en el concierto de M&C? ¡AHHHHHH...!

—¿Veis? —dijo Álex—. ¿A que vuelve a dejarnos **TIRADOS**?

Liseta recuperó poco a poco el tono.

—¡Uf! —exclamó—. Es que esto es **MUY** fuerte. NO sé quién me gusta más, si JOSH o **BARRY SMILES**... ¡Es imposible **ELEGIR**!... ¡Me tendré que quedar con vosotros!

¡BIEN!

Ahora sólo faltaba poder hablar con **BARRY SMILES**, porque lo de encerrarlo con llave... Álex podía tener ideas **MUY** locas si no había merendado.

—Liseta —le dije—, tú y yo vamos a ir a hacer una entrevista **COMO SEA** a **BARRY SMILES**, así que, prepárate: tú serás la fotógrafa, y yo, la periodista.

—¡Una entrevista y fotos! ¡QUÉ GUAY! —dijo Liseta—. Pero Marla y Carla **NO** nos dejarán **ENTRAR** ni en sueños...

—A nosotras, no —respondí—, pero a la fotógrafa LISSY VESPINNO y a la directora del ZOEFFINGTON POST, sí.

¡Y dicho y hecho!
Liseta y yo nos transformamos en un periquete en...

Zoe Zoeffington

Ocupación
Directora del ZOEFFINGTON POST

Señas de identidad
Mucho olfato (para las noticias que HUELEN mal).

Ama
El mundo digital

Odia
El olor de la tinta en el periódico de la mañana...
¡MUERA el papel!

Lissy Vesppinno

Ocupación
Fotógrafa de los famosos
(por lo que ella también es famosa).

Señas de identidad
Sabe mantener la pose.

Ama
Las fotos del fotomatón.

Odia
Que la gente haga fotos con el móvil.

¡Oh, Cuore mío!

UNA ESCUELA EN PELIGRO Y DOS CONCIERTOS A LA VEZ.

¿Que qué es todo este embrollo? Muy fácil: unos chavales luchan por salvar su antiguo colegio mientras otros hacen todo lo contrario y apuestan por la reconversión total (con despidos incluidos del director, **MR. PLUMILLA**, y del resto de los profes).

La clave: dos conciertos, uno a favor, con **LOS GATOS CANTORES** y con... Tachán, tachán... ¡¡¡¡BARRY SMILES!!!!

GUERRA DE CONCIERTOS

Y, claro, la locura se ha apoderado de esta pequeña localidad en la que nunca pasaba nada, ¡hasta ahora!

¿Se imaginan qué concierto va a estar más concurrido???

Nosotros, SÍ. ¡Pobres **GATOS**!

Entrevista con sorpresa

Lizzy VESPPINNO y yo salimos convenientemente disfrazadas del cuarto de la limpieza en dirección a la sala VIP. Lo malo fue que *Kira* se empeñó en acompañarnos, y no hubo manera de convencerla de que un perro, con perdón, no pintaba nada haciendo una entrevista. ¡Pero a ella también le chifla **BARRY SMILES**!

—Podemos decir que es una enviada especial del suplemento MUNDO PERRUNO, y que también son fans de **BARRY SMILES** —apuntó Marc.

La explicación no me parecía muy sólida, pero no se nos ocurrió otra mejor. Así que colgamos una máquina de fotos del cuello de *Kira* y le rizamos el pelo para que pareciera un caniche gigante, como el de la representante de **BARRY**... ¡No podían reconocerla tampoco a ella!

¡Y a entrevistar!

—Están en el comedor de profesores —apuntó Liseta—; han montado allí su sala VIP.

La puerta del comedor de profesores estaba cerrada a cal y canto. Llamé con fuerza, como si ya fuera la directora del **ZOEFFINGTON POST**, je, je...

—¿Síííííí? —dijo Carla asomando la cabeza.

—Somos periodistas del **ZOEFFINGTON POST** —dije—. Venimos a hacer una entrevista a **BARRY SMILES**.

—¡Huy! —exclamó—. Pasen, pasen, ¡qué honor!...

Vaya, allí estaban también MR. PLUMILLA Y MISS LOOPAS en un rinconcito. El comedor de profesores se había transformado en un camerino lleno de flores, bandejas de sandwichitos sin corteza y brochetas de frutas exóticas. ¡Ah! Y un enooooorme piano de cola de color blanco.

—¡Cómo mola! —me susurró Liseta—. Álex me ha pedido que le lleve algo de comer —dijo abriendo el bolso—. Es para volver a ser amigas de verdad...

—No hagas caso a Álex o nos meteremos en un buen lío —dije acercándome a saludar.

Inmediatamente, Marla se interpuso en mi camino. Estaba rara rara. Más maquillaje que nunca, el pelo superabultado y un modelito... ¡indescriptible!

—Soy MARLA, la nueva mejor amiga de **BARRY** —dijo tendiéndome la mano—. ¿Qué han venido a hacer aquí? ¿Y por qué traen un chucho pulgoso?

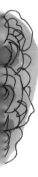

Kira hizo como que no oía nada y se acercó a husmear los sándwiches. ¡Tenía que hacer la entrevista **YA** o entre Liseta y ella lo estropearían **TODO**!

—¿Y ésa quién es? —preguntó Marla señalando a Liseta.

—¡Es la **GRAN** fotógrafa LIZZY VESPPINNO! —exclamé—. **NO** me diga que no la conoce...

Marla puso cara de sorpresa.

—Ah, sí —dijo dándose una palmada—, qué tonta, claro que sé **QUIÉN** es. ¡Si **TAMBIÉN** me ha hecho fotos a mí!

Liseta se rió detrás de su cámara y, después, se dedicó a mirarla con la **TOF** y puso la mirada más furibunda que nunca.

Entonces... vimos a **BARRY SMILES**.

Estaba sentado en un sofá, con cara de aburrido, mientras rasgaba y afinaba una guitarra.

Me presenté y saqué la grabadora, dispuesta a hacer mi entrevista en profundidad, je, je.

Primera pregunta:

—Querido **MR. SMILES** —empecé—, ¿cuál es su bebida favorita?

—Batido de chocolate con avellanas —respondió sin mucho entusiasmo.

—¡**Hummm!** Interesante —apunté—. ¿Y qué prefiere, los macarrones **CON** queso o **SIN** queso?

—Con **MUCHO** queso y gratinados al horno —respondió buscando a su representante con la mirada—. Pero ¿esto qué...?

Ya estaba bien de calentamiento. Me dispuse a hacer **LA** pregunta:

—¿Sabe que con este concierto ayudará a destruir este viejo colegio, a despedir a su director, MR. PLUMILLA, e incluso a poner en la calle a una pobre profesora de Arte, coleccionista de gatitos de porcelana para más señas?

¡Uf! Casi me había quedado sin aire, pero mis palabras... habían hecho su efecto.

BARRY SIMILES me miraba alucinado. ¡Era un maestro de la **Técnica de los Ojos Furibundos**! Y Marla también.

—¡¡NO le hagas caso!!—gritó Marla—. ¿Quién quiere un colegio roñoso en vez de uno nuevo, con pianos de cola y azafatas sonrientes, en lugar de profesoras gruñonas?

¡¡YO!!

Fue oírlo y quedarnos en silencio. Ese **YO** no había salido de mi garganta (y mucho menos de la de Liseta, claro). Ese **YO** lo había pronunciado... **BARRY SMILES**.

—¡No pienso contribuir a destruir este colegio! —exclamó muy enfadado—. Si acepté venir a tocar aquí fue porque...

—SÍ, CLARO —interrumpió MARLA—, porque el primo del caniche de tu representante; no, el caniche tiene un primo segundo que es un pastor alemán...

—¡NO! —exclamó **BARRY SMILES**, levantándose—. Es porque la prima segunda de mi madre, que resulta que es mi tía, es profesora de Arte y da clases en este colegio... Se llama BAYA...

¡... BAYA LOOPAS!
¿¿¿¿QUÉÉÉÉÉ????

¡BAYA sorpresa! (perdón, vaya).

¿MISS LOOPAS
era la tía de **BARRY SMILES**?
Qué callado se lo tenía, je, je, ¡como yo!

MISS LOOPAS sonrió tímidamente detrás de sus, ejem, lupas.

—Pues yo siempre saco **SOBRESALIENTE** en Arte —se apresuró a explicar Liseta a **BARRY**— y no me he reído **NUNCA**, pero nunca, de sus LOOPAS, digo, gafas...

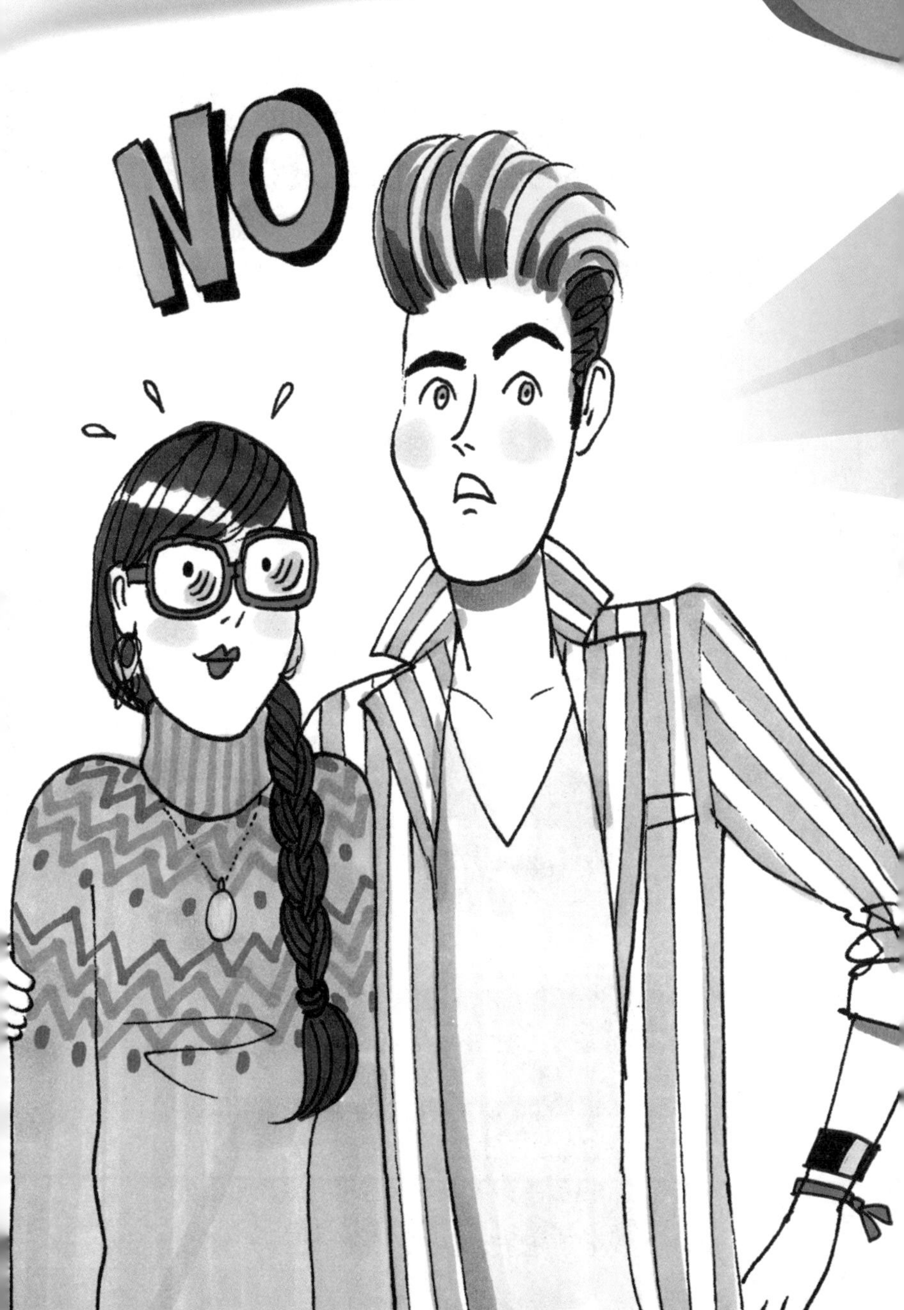
NO

¡NUEVO Y GRAN CONCIERTO!

ZOE'S GANG productions PRESENTA A...

BARRY SMILES, SU TÍA... ¡Y POLLO CON PATATAS!

Única y GRANDIOSA actuación en el patio del colegio.

Se admite a todo el mundo
(Marla y Carla incluidas, je, je).

Los donativos serán muy bienvenidos
para salvar el colegio.
¡Y que nadie tire porquerías al suelo!
(de parte de MR. PLUMILLA).

El conciertazo

¡La revelación de BARRY había sido la BOMBA!

La noticia de que la insignificante MISS LOOPAS era la tía de una estrella **MUNDIAL** de la canción corrió como la pólvora por el colegio.

—Bueno; yo **YA** lo sabía —dijo MARLA—. Lo del caniche me lo inventé para no desvelar el secreto de **BARRY**...

Álex, Liseta, Marc y yo (y hasta *Kira*) nos partimos de risa. ¡Que dijera lo que quisiera! ¡Daba igual!

Y, por fin, el concierto estaba a punto de comenzar.

Al minuto **UNO** el patio hervía de niños del colegio.

Al minuto **DOS** el patio hervía con fans llegados de todos los alrededores.

Al minuto **TRES** el patio hervía con cámaras de televisión, *paparazzis* variados, periodistas y micrófonos.

¡Y habíamos conseguido sacar a Matilde del cuarto de la limpieza sin que nadie se fijara en ella; **TODOS** querían ver a MISS LOOPAS con su sobrino, el famosísimo **BARRY SMILES**!

—Ahora sí que vamos a tener un concierto ¡chulísimo! —dije corriendo con Matilde.

—Y recaudaremos mucho dinero para salvar el colegio, y a MR. PLUMILLA y, por supuesto, a MISS LOOPAS —dijo Marc.

—Sólo hay un pequeño problema... —dijo Álex.

¡¡¡JOSH!!!

¡Claro! Pobre Liseta; con tanta alegría y tanta cámara, nos habíamos olvidado de ella y de su... ejem, amigo del alma.

—Tendré que ir acostumbrándome a pensar que **YA** no voy a verlo más —dijo—. Total, si no sabe ni que **EXISTO**.

—¡Eso es **IMPOSIBLE**! —exclamó Álex—, se te ve a la legua, je, je.

¡Liseta se había puesto sus mejores galas para el concierto!; miró a Álex sin saber si le gustaba el comentario o **NO**.

—No sé por qué, pero tengo la intuición de que podemos llevarnos una **SORPRESA** con él... —dije—. El espectáculo no ha terminado.

Era cierto: JOSH no era un chico cualquiera y rápidamente lo iba a demostrar.

Entonces, **BARRY SMILES** salió al escenario y la gente empezó a gritar, enloquecida, alrededor de nosotros.

—¡¡¡G R A C I A S !!!—saludó—. Hoy estoy aquí con alguien muy especial... MI TÍA BAYA, una artista total, debajo de esas... ¡LOOPAS! Tía, ¡a bailar!

Todo el mundo se echó a reír, a dar palmas y a bailar con la música de **BARRY** y de BAYA, que, vaya, vaya... no lo hacía nada mal.

Entonces fue el turno de la **GRAN SORPRESA**: Matilde y Paul.

Salieron al escenario dando un gran salto, y el público rugió de entusiasmo. ¡GUAUUUU! ¡Qué emoción!

—¡Somos *FRENCH CONNECTION* y estamos encantados de estar aquí hoy con vosotros! —saludó Matilde.

—Y que lo digas —dije yo por lo bajinis—. Hoy y siempre, je, je.

La música empezó a sonar a nuestro alrededor. Y entonces, llegó el único que faltaba: JOSH.

Un final feliz

¿QUÉ os había dicho?

Marc y Álex me dieron un codazo señalando a Liseta.

¡No se había dado cuenta de que JOSH estaba junto a nosotros, disfrutando del concierto de Matilde, Paul y **BARRY SMILES**!

—¡¡Atención!!—exclamó Álex—. Atención, Liseta, operación **HELADO** con galletas, repito, **HELADO** con galletas.

Álex clavó sus ojos en Liseta con la **TOF** o **Técnica de los Ojos Furibundos**, y ésta, de repente, pareció despertar de un sueño.

HELADO CON GALLETAS eran las palabras clave para **JOSH ESTÁ AQUÍ**.

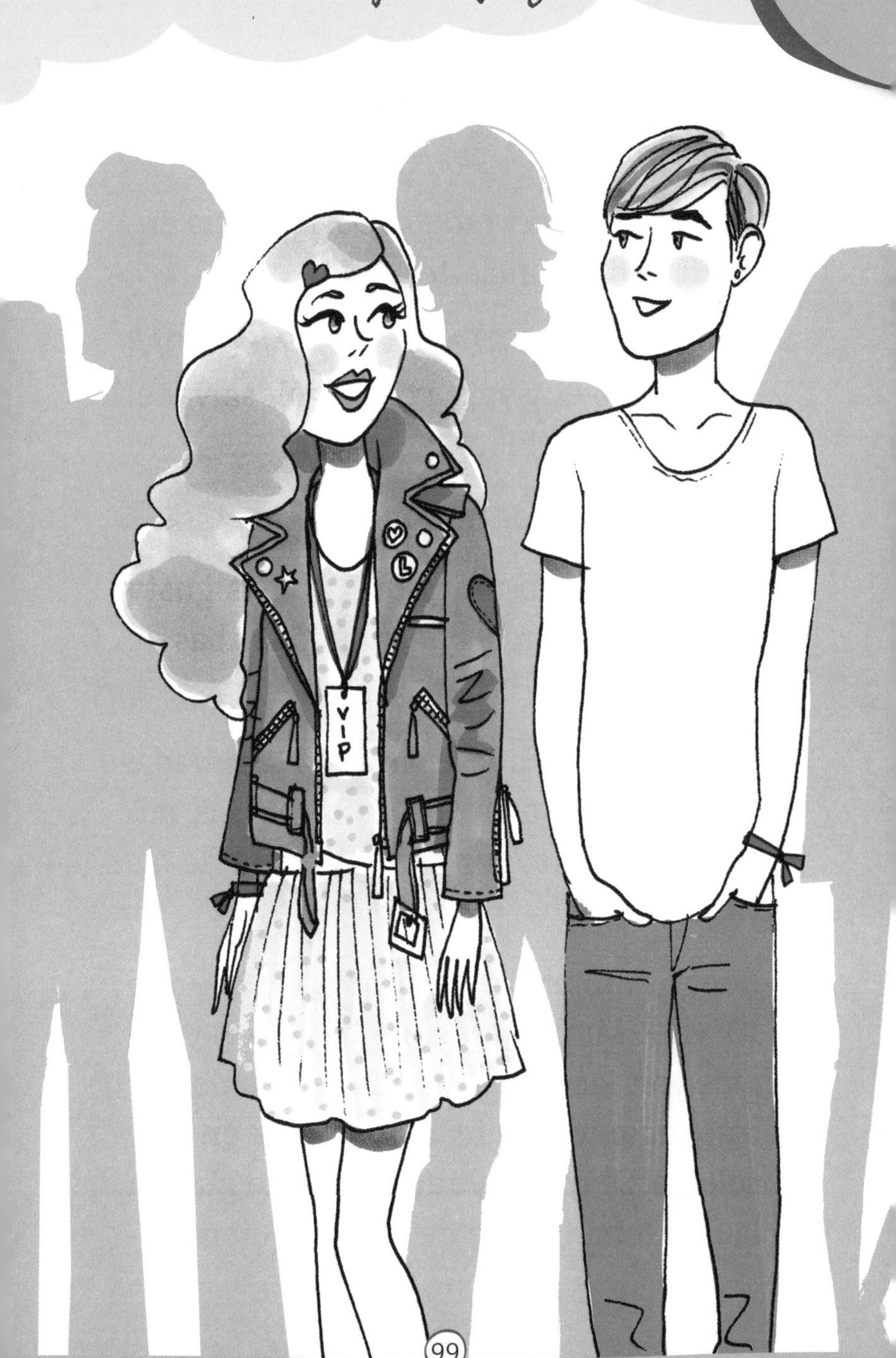
VIP

—¡Huy, hola, JOSH! —dijo Liseta—. **NO** te había visto.

Y por una vez, era verdad. JOSH parecía encantado con el concierto.

—Al final, ¡era *FRENCH CONNECTION*! —exclamó—, y vais a conseguir salvar el colegio... ¡Qué bien!

Álex, Marc y yo nos miramos.

—¡Sí! —dije—. Lo único que no nos gusta es... que te marches... ¡cuando acabas de llegar!

Liseta bajó la mirada. Marc bajó la mirada. Yo bajé la mirada. Incluso Álex bajó la mirada y **NO** le hizo ninguna bromita de las suyas a Liseta.

—Bueno, no tengo por qué irme —dijo JOSH—. Mi padre puede hacer sus colegios con jacuzzi y minibar en cualquier otro lugar, y yo puedo quedarme en este colegio. Sé que soy raro, pero me gustan las matemáticas, y de mayor, quiero hacer algo para salvar nuestro planeta, en vez de ganar mucho dinero...

—Entonces, ¿esto quiere decir que te quedas? —preguntó Liseta.

—Quiere decir que me habéis hecho un gran favor —dijo JOSH— bueno, a mí, a MR. PLUMILLA, a MISS LOOPAS... y a todos...

¡Guau!

Liseta estaba radiante. Y la verdad es que JOSH también (¿sería por las matemáticas, je, je?).

Entonces, Matilde salió al centro del escenario.

—Vamos a dedicar esta canción a una pareja que se ha formado al calor de este colegio...

¡OHHH!
¿A quiénes se estaría refiriendo Matilde?

—Hoy es un día muy especial para ellos... y para todos nosotros...

¿QUIÉN sería esa parejita feliz? ¡Uf!, Liseta se estaba poniendo de todos los colores...

—¡Que suban con nosotros al escenario! —gritó Matilde—. ¡Un fuerte aplauso para HAROLD PLUMILLA Y BAYA LOOPAS!

¿Y qué más puedo decir?

Que fueron felices y comieron perdices. Que Marla se pintó el pelo de rayas verdes y rosas, tal y como había prometido, aunque no hubo burro volador. Y que, una semana después, con **TODO** lo que habíamos hecho por él, MR. PLUMILLA me puso un cero por haberme olvidado de hacer los deberes (¡**NO** es justo!).

FIN

Un final feliz

Índice

la banda de Zoé

Ana García-Siñeriz

Jordi Labanda

Títulos publicados

Los dos mundos de Zoé

Elemental, querida Zoé

Esto sí que es Hollywood

Zoé ♥ NY

La Zoé y la princesa romana

¡A La Banda de Zoé
no hay misterio
que se le resista!

¿Quieres viajar con ellos?

CONSIGUE EL CARNET DE
La Banda de Zoé

Hazlo tú misma.

1. Recorta esta página por la línea de puntos y pega tu foto en el recuadro.

2. Rellena los datos... y echa una firma en la línea de puntos.

¡YA tienes tu Carnet de La Banda de Zoé!

Ahora sólo te falta un caso por resolver...

La Banda de Zoé

Nombre ....

Me chifla ....

No soporto ....

LA PRÓXIMA AVENTURA
DE LA BANDA DE ZOÉ

¡Es la BOMBA! Zoé y sus amigos se van de campamento. Y no sólo ellos, también MR. PLU-MILLA, MISS LOOPAS, las amienemigas Carla y Marla, un montón de hormigas pica pies y hasta un hurón ladrón de bocadillos. Lo que parecía un viaje de placer se convierte en una auténtica pesadilla escolar.

¡La Banda más divertida que nunca!

¿Te apetece irte de campamento con ellos?

¡Consigue tu carnet de La Banda de Zoé!

www.labandadezoe.com